Uma coleção de histórias fictícias
6 histórias diferentes

Translated to Portuguese from the English version of A Collection of Fictional Stories

Renuka.KP

Ukiyoto Publishing

Todos os direitos de publicação global são detidos por

Ukiyoto Publishing

Publicado em 2024

Direitos autorais © Renuka.KP

ISBN 9789364945608

Todos os direitos reservados.
Nenhuma parte desta publicação pode ser reproduzida, transmitida ou armazenada em um sistema de recuperação, de qualquer forma por qualquer meio, eletrônico, mecânico, fotocópia, gravação ou outro, sem a permissão prévia do editor.

Os direitos morais do autor foram afirmados.

Esta é uma obra de ficção. Nomes, personagens, empresas, lugares, eventos, locais e incidentes são produtos da imaginação do autor ou usados de maneira fictícia. Qualquer semelhança com pessoas reais, vivas ou mortas, ou eventos reais é mera coincidência.

Este livro é vendido sob a condição de que não seja emprestado, revendido, alugado ou distribuído de outra forma, sem o consentimento prévio do editor, em qualquer forma de encadernação ou capa diferente daquela em que foi publicado.

www.ukiyoto.com

em memórias amorosas de meus pais

Conteúdo

Os sacrifícios de uma mãe	1
Uma velha história de serviço	8
A chuva noturna	13
O luto de uma senhora	17
Regresso a casa	21
Seu Carmesim Desbotado	25
Sobre o autor	*54*

Os sacrifícios de uma mãe

Eram oito horas da manhã quando Amy ouviu o som do portão se abrindo, ela correu e abriu a porta. Sati, o servo estava chegando.

"Mamãe, a tia Sati veio", ela gritou para a mãe.

Sati entrou pelo portão, caminhou ao longo da lateral da casa e foi para a varanda atrás. Então ela abriu a tampa de plástico na mão, pegou algo e colocou lá. Mais tarde, ela olhou para dentro e gritou.

'Senhor, estou aqui!' Sati informou sua presença.

Eu vi, 'Entre', respondeu a mãe de Amy. Mamãe está ocupada na cozinha preparando o café da manhã.

Sati tem cerca de 65 anos. Ela é uma mulher saudável, com uma tez ligeiramente branca e uma expressão feliz. Ela vai trabalhar todos os dias, trabalha duro e tenta sobreviver. A mãe de Amy liga para Sati ocasionalmente para limpar o quintal e os arredores, etc.

Ela tirou um velho sari e a foice de sua capa de plástico. Depois de usar um sari, ela usava uma camisa velha por cima e amarrava um pano em volta da cabeça cobrindo o cabelo.

"Meu filho me deixou na scooter no ponto de ônibus. É por isso que cheguei mais cedo", disse ela.

A mãe de Amy já havia trazido um copo fumegante de chá, pudim e banana.

"Basta tomar um chá e começar o trabalho", disse ela.

Sati sentou-se na varanda para tomar chá. Ela pegou a banana, embrulhou-a em sua capa de plástico e a manteve segura. Então ela serviu o chá e comeu o pudim. Sua mãe foi até a cozinha fingindo não ver. Sati foi para o quintal depois do chá e começou a trabalhar. Ela é muito sincera em seu trabalho e não há necessidade de dizer nada sobre isso.

Enquanto isso, Amy saiu para o quintal depois do banho e tomou chá.

"Onde estava meu bebê?"

"Eu estive procurando por você." Sati chamou por Amy.

"Tomando banho, vamos pegar a grama, estou me sentindo bem."

Depois de dizer isso, ela começou a pegar a grama.

"Não, sua mãe vai me repreender se ela vir. Afaste-se. Afinal, isso vai estragar seu vestido e suas mãos, você acabou de tomar banho e veio.

"O solo vai te sujar?" Amy exclamou.

"Não é esse o meu trabalho, Amy, baby? Isso é o que eu faço. Eu preciso de dinheiro para viver." Sati respondeu.

"Então meu pai e minha mãe têm dinheiro?" Amy perguntou curiosa.

"Eles têm empregos no governo; o governo vai pagá-los."

Nesse ínterim, Sati começou a cortar a grama e fazer jardinagem. Amy caminhou junto com ela.

"Pode haver cobras na grama, afaste-se." Sati a obrigou a se mover do chão.

"Você não está com medo então?" Amy mostrou sua dúvida.

"Eu tenho meu medo. Mas aquele que não tem dinheiro morrerá de fome por medo e desgosto. Eu não tinha estudado, portanto, nenhum trabalho de escritório. Seus pais foram estudar na faculdade e conseguiram um emprego." Sati revelou seu desamparo com desespero.

Por que você não aprendeu?

"Não precisamos de dinheiro para estudar na faculdade? Somos pobres, meu bebê." Sati respondeu.

Em meio à conversa, a grama crescida está sendo cortada por ela sem parar.

"Qual é a grande notícia aqui?" A mãe de Amy saiu da cozinha e interrompeu.

"Ela está pedindo para trabalhar comigo." Sati respondeu.

"'Não, Amy, lave as mãos e os pés e entre.' Mamãe a obrigou a entrar.

Amy está vagando aqui e ali colhendo algumas frutas e flores em seu colo do chão. Sati começou a falar novamente.

"Eu estava trabalhando na casa da senhora Thressya (uma de suas empregadoras) no domingo passado. Ela me disse uma coisa importante: todos os idosos receberão a mesma pensão do governo. É verdade, senhor? ela perguntou maravilhada e continuou.

"Justifica-se dar pensão àqueles que estudaram na faculdade, passaram nos exames e trabalharam para o governo. Mas Theresia senhora diz que 'outros também estão trabalhando para si mesmos ou para os outros, assim como sob o governo. Portanto, todos devem receber uma pensão ao envelhecer, independentemente do local de trabalho. Todos os idosos devem ser protegidos pelo nosso governo." Dizendo isso, ela olhou para ela com expectativa.

"Não vou conseguir nada, senhor? Sati exclamou!

"Não há tal decisão agora, Sati." Ela respondeu.

Amy estava ouvindo a conversa deles enquanto pegava flores.

"Então devemos pedir a eles que dêem uma pensão para a tia que nos ajuda."

"Amy, você não sabe de nada. Cale a boca", mamãe a repreendeu novamente.

A mãe de Amy começou a pensar: 'Claro, é verdade que não posso fazer nenhum trabalho como o feito por ela. Vou começar a soprar e ofegar se fizer algum trabalho como arar a terra para plantar vegetais e plantas usando uma pá como ela. Também estou ciente de que a existência de todos como eu é o resultado do trabalho árduo dessas pessoas. Caso contrário, precisamos de alguns mantras como na lenda, que dizem ser dados pelo sábio sagrado Viswamithra Maharshi a Rama e Lakshmana para não sentir fome e sede enquanto viajam pela floresta. Ou temos que descobrir remédios no mercado para esse fim'.

Sharp Às 13h, a mãe chamou Sati para almoçar. 'Sati, venha almoçar.'

Ela havia feito curry 'kalan' especialmente para Sati. A mãe de Amy presta atenção especial em alimentá-la. O quintal foi arado e limpo ao meio-dia. Agora tem uma boa aparência. Amy não saiu do quintal. Ela estava vagando aqui e ali coletando muitas flores no colo.

"Por que todas essas flores?" Sati perguntou a ela.

"Sim, posso fazer perfumes com isso. Um colega meu disse que podemos fazer perfume depois de aquecê-lo em óleo sob o sol.

Isso lembrou o 'balyakala smaranakal' de 'Madhavikutti' (Kamaladas), no qual foi explicado que Kamala com seu irmão havia feito perfumes como este usando punnakkaya.

"Dê-me também." Dizendo isso, Sati foi almoçar na varanda.

Amy concordou alegremente. Amy colocou as flores coletadas de seu colo na varanda e foi para a cozinha.

Sati estava sentada na varanda conversando com sua mãe sobre a situação da casa enquanto comia.

"Minha nora está limpando na escola. Ela sairá do local às 7h30 e almoçará com curry do dia anterior. A filha deles está estudando enfermagem e ficando no albergue. É preciso muito dinheiro. Ela tem outro filho que também está estudando. Seu marido, meu filho, não serve para nada. Eu luto para sobreviver. Minha casa está toda danificada e pode cair a qualquer momento. Eu quero dinheiro para consertar isso. É por isso que estou correndo assim. O panchayat sancionou um empréstimo. Antes do início do reparo, precisamos nos mudar para um galpão e, para tudo isso, preciso de dinheiro. É por isso que estou trabalhando duro."

"Seu filho ajuda? " Perguntou sua mãe.

"O que ele recebe não é suficiente para beber. Bem, ele é meu filho, não posso evitá-lo. Além disso, tenho que cuidar de seus filhos. O que devo fazer?" ela explicou sua condição patética.

Sati fica com o filho, que não tem atenção para lembrar a miséria de sua velha mãe. Ele está trabalhando durante o dia para beber. À noite, ele vinha e se deitava em algum lugar bêbado sem comer nada, Sati ia junto e chamava em vão e ela só ouvia os palavrões de sua boca.

É verdade que a mãe é o nome da criatura que ama os outros sem esperar nenhuma recompensa. Sua esposa também não tem interesse por ele, que não tem responsabilidades e considerações sobre ela.

A mãe de Amy se perguntou ao ver o quão feliz essa velha está trabalhando com responsabilidade pelo bem de seus filhos e também sentiu uma semelhança com seus pais falecidos. Ela suspirou por um tempo com arrependimentos.

Sati ainda está ativa em seu trabalho. Amy está com ela.

"Amy, é melhor entrar sem correr por aí. Caso contrário, a beleza de suas mãos desaparecerá '. Mamãe a repreendeu e voltou para dentro.

"Eu vou cuidar dela, senhor", Sati concordou com a segurança de Amy.

Os dois novamente começaram a falar sobre algo. Sati mostrou-lhe para 'lutar' arrancando as algas que cresciam da palmeira. Amy ficou triste quando comeu a fruta "pottika" do meio da grama. Ela se lembrou, 'amigo de Sreedharan' no conto 'oru desathinte kadha', que foi contado por sua mãe. Mais tarde, Amy estava preocupada com a morte de Narayani, deitada sobre o tapete rasgado em uma pequena cabana sob luz fraca. Ela contou a Sati a história de Narayani com grande agonia. Sati não entendeu nada, mas respondeu com seus gestos e continuou encorajando-a.

Às 3h30, a mãe preparou o chá e ligou para Sati. Os cupcakes e biscoitos que foram dados como lanches para o chá foram colocados na tampa de seu saco plástico e mantidos em segurança sem serem comidos por ela. A mãe ficou com raiva quando viu isso.

"Sati, é para você, darei outra coisa aos seus filhos."

"Quando eu chegar de volta, meu filho vai correr para mim para ver se há alguma coisa para comer, É para dar a ele."

Ao ouvir isso, sua mãe deu-lhe um pouco mais.

"Não, senhor, isso é o suficiente." Sati estava relutante.

"Disseram-me para ir à casa de Theresia, senhora, neste domingo também. Ela aumentou meu salário. "Espero que você aumente meu salário em 100 rúpias também." ela implorou.

"Sim, eu vou." mãe respondeu.

Sati continua a falar sobre Thressya, senhora, que é sua empregadora.

"Ela também tem dificuldades. Os ricos também têm seus sofrimentos, não é? - ela pareceu surpresa e continuou.

"Annamkutty, sua cunhada, receberá um subsídio de caridade a cada seis meses, que ela gasta em uma loja de tecidos ou joalheria. enquanto Thressya senhora não tem DA. Mesmo que ela tenha trabalhado por longos anos, ela disse que ninguém está lhe dando nenhum DA. Ela está reclamando, embora tenha toda a fortuna.

A mãe de Amy: "DA, vale a pena pelos mal pagos. Annamkutty e seu marido eram professores do governo e também têm dinheiro suficiente. Thressiamma que é um emigrante. Ninguém é responsável por sua pensão ou DA.

Às 16h30, Sati havia terminado seu trabalho e estava pronta para lavar as mãos e sair. A mãe de Amy deu a ela Rs100 / - Ela descobriu que a bolsa de Sati estava cheia de dinheiro.

"Você parece ter economias suficientes?" ela expressou sua curiosidade.

"Disseram-me que alguém virá construir o galpão na próxima semana para mudarmos até a conclusão do reparo da casa. A casa tem que ser consertada. Preciso manter todos seguros, casar nossa filha." Sati contou a ela sobre uma situação patética.

"Sati, você está sofrendo muito nessa idade, espero que pelo menos seus netos se lembrem disso. Não importa o que você faça por nossos filhos, eles pensam que temos que fazê-lo. Eu apenas disse todas essas coisas para ter em mente. De qualquer forma, não gaste todo o dinheiro. Estou dizendo a todos esses para não iniciar discussões com sua família. Eu apenas te lembrei. Você decide tudo." A mãe de Amy a aconselhou.

Sati não tem tempo para ouvir seus conselhos.

"Preciso consertar aquela casa com urgência, senhor, só então posso pensar em economizar." ela respondeu.

Então ela não disse nada. Amy veio com um pouco de champakka para Sati. Sua mãe também lhe deu alguns cocos. Depois de levar tudo, Sati saiu de lá para buscar o próximo ônibus às pressas. Ela tem que pegar dois ônibus e caminhar mais um quilômetro para chegar em casa. Ela vem aqui uma vez a cada dois meses porque o valor do trabalho de Sati é honrado e está pagando satisfatoriamente aqui. Pensando no trabalho árduo de Sati, a mãe de Amy desejou sua longevidade em seu coração.

Mãe "deus na terra", que alimenta seus filhos sem ter a si mesma, e luta para proteger seus filhos! Nossa geração leva essa mãe para orfanatos e lares de idosos.!

Enquanto ela pensava em tudo isso, ela descobre que são os próprios pais que se esquecem de passar a humanidade para seus filhos na tentativa de ganhar tudo e são responsáveis por sua miséria.

Quando Sati saiu, Amy voltou depois de fechar o portão e disse

"Tia me disse que vai ligar de volta depois de chegar em casa"

"Bem, eu ia pedir a ela para me ligar. De qualquer forma, querida, vá e lave-se", disse a mãe, e entrou com ela.

……..

Uma velha história de serviço

Aravind está muito feliz hoje. Ele está prestes a se aposentar do serviço dentro de dois meses. Foi nessa época que ele recebeu a notícia de sua próxima promoção. Quão afortunado ele é! Como ele foi promovido e transferido pouco antes de sua aposentadoria, ele foi dispensado deste cargo com efeito imediato para ingressar como Superintendente Sênior na sede.

Como preparação, ele imediatamente começou a resolver todos os seus arquivos pendentes e classificou suas anotações e arquivos antigos na mesa do escritório. Nesse ínterim, ele notou uma longa capa. Ele pegou e rasgou. Foi uma história que lhe foi contada por um de seus superiores, Suresh senhor, para adicionar à revista da qual ele era membro do comitê editorial e também estava encarregado dela. Mas o dilúvio furioso e depois a peste que veio um após o outro nos anos subsequentes arruinaram tudo. A revista não foi publicada novamente depois disso.

Embora estivesse ocupado naquele momento, ele o pegou e leu imediatamente, pensando que havia sido dado a ele por alguém que ele mais amava e respeitava.

"História de serviço.

Suresh subiu lentamente as escadas para o escritório no primeiro andar daquela estação civil. Embora houvesse um elevador, nem sempre funcionava bem. Além disso, este elevador foi enforcado muitas vezes e as pessoas ficaram sufocadas por horas dentro dele. Então a força de fogo teve que vir para tirar as pessoas dela. Então, de alguma forma, ele chegou à varanda do escritório, apesar de sua saúde debilitada. Os assentos reservados para visitantes estavam todos cheios.

Os rostos de todos estavam ansiosos e nervosos. Chato de esperar. Ali Havia poucas pessoas para obter alívio de socorro, etc., e também para obter até licenças de armas. Então ele relutantemente entrou no escritório e foi direto para o assento do escrivão que estava lidando com seu arquivo. Embora ele fosse um membro da equipe no início daquele escritório, ele não esperava uma prioridade, porque sabia bem que um aposentado é indesejado em qualquer escritório.

Como de costume, a cadeira do escrivão estava vazia. Enquanto estava lá desapontado, o balconista no assento ao lado apontou um banquinho velho e pediu-lhe que esperasse até que ele viesse e também acrescentou que ele é o líder de nossa organização e está sempre ocupado.

"Líder organizacional, há pressa e ele está sempre ocupado. Mesmo que seja tarde, ele certamente virá."

O que ele pode fazer? De qualquer forma, ele se sentou no banquinho, percebendo como o centro da administração civil está girando lá. quando ele estava esperando pelo balconista, um velho amigo Prakash, que havia trabalhado com ele antes, chegou lá.

"Ah, senhor, por que você está aqui? Já faz um tempo para vê-lo, como você está?" Ele renovou sua amizade.

"Ok, meu pedido está pendente aqui. Houve um pequeno erro na minha entrega de licença e preciso corrigi-lo e enviá-lo de volta ao escritório do AG. Eu me inscrevi para isso. Nenhuma ação foi tomada até agora. Quero saber o estado atual dele e saber o que aconteceu com ele.

"Oh, aposentado então?" Perguntou o amigo.

"Sim, dois anos depois. mas minha permissão para me render ainda está pendente neste escritório.

"Você não perguntou sobre isso?"

"Eu vim aqui muitas vezes e também perguntei por telefone. Como precisa de alguns cálculos, eles serão deixados de lado, embora eu tenha enviado um rascunho corrigindo o erro para facilitar a referência junto com o aplicativo. Entrei em contato com o superintendente e o chefe do escritório, um após o outro, em vão. Ninguém naquele escritório se atreve a perguntar ao funcionário sobre isso porque eles têm que manter seu assento confortável sempre seguro. Assim, cada vez que eu tiver a certeza de que isso será feito em breve. Enquanto isso, durante minha visita aqui, me surpreendendo, vi por acaso a celebração dos aniversários da boa governança do governo. Ele disse emocionado e continuou.

"Nesse período, os policiais mudaram muitas vezes." Depois de dizer isso, ele suspirou.

Mais uma vez, ele mostrou outra dúvida.

"Não é a era digital? Parece que não existe uma supervisão tão eficaz como nos velhos tempos, quando os arquivos eram mantidos fisicamente.

"Surpreendentemente, nesse ínterim, o chefe do escritório também recebeu um prêmio por seu bom serviço. Como uma testemunha muda de tudo isso, meu pedido estava sentado na mesa do escrivão ironicamente rindo. Ele falou.

Enquanto ele conversava com o Sr. Prakash, o balconista chegou. Então Prakash tentou voltar dizendo,

"Será o mesmo para mim quando me aposentar. deixe-me ir agora e vê-lo mais tarde." Ele saiu.

Ele perguntou ao escrivão sobre sua inscrição. O escrivão deu garantias a ele novamente como antes.

"Isso será feito em breve. Vá em paz, senhor. Eu farei isso."

Depois de ouvir a garantia e voltar, o amigo voltou e disse novamente:

"As pessoas neste escritório têm um senso de realidade. Quem vier e esperar por tudo terá almoço grátis. Senhor, apenas coma e vá."

Ele assentiu. No entanto, ele não foi almoçar. Ele achava que os aposentados não deveriam se aproximar de ninguém com velhas amizades.

Ao voltar, alguns líderes dos funcionários que são como mendigos políticos vieram vê-lo enquanto caminhavam e perguntaram sobre o assunto. Ele respondeu brevemente porque sabe que eles não têm tempo para entender o assunto claramente. Eles olharam para ele com uma atitude desdenhosa, riram e se afastaram apressadamente. Mas ele não perdeu a confiança e caminhou até o ponto de ônibus, acreditando que uma ação seria tomada em breve por sua angústia. Dias, semanas e meses ... Ele esperou em vão sem qualquer resposta. Mesmo agora ele está esperando incessantemente por uma resposta..."

....

Aravind leu a história completamente. A história do serviço é sempre real acontecendo. Portanto, ele estava curioso para saber o status de sua inscrição. Ele tinha o número de telefone do Sr. Suresh em seu celular. Então, ele ligou para ele imediatamente e contou sobre sua promoção, etc., e perguntou:

"Senhor, e o seu arquivo que estava pendente no escritório distrital."

"Existe alguma decisão, senhor?"

Ao ouvir isso, sua voz ficou áspera e irritada.

"Foi dado dois anos antes do dilúvio. A resposta foi até redigida por mim para sua pronta referência. Eles precisavam apenas verificar. Ainda assim, não houve ação. Então, quando a enchente e a epidemia aconteceram, minha inscrição se tornou nada. Qual é a relevância da minha inscrição quando as pessoas estão tentando salvar suas vidas? Mas agora tudo acabou. O governo mudou. depois disso, não pude ir ao escritório para o mesmo. Tenho que me referir a tudo desde o início, pois houve uma mudança total naquele escritório. Deixe pra lá", suspirou. "Ainda estou esperando para ver a concessão de um prêmio a esse escritório por bons serviços e também para ver o descarte do meu pedido porque o requerente não existe mais. Até que deixe o arquivo dormir."

Aravind ficou triste ao ouvir sobre isso. Mais tarde, ele falou sobre assuntos familiares e desligou o telefone. Ele pensou por um tempo sobre o sistema de administração e a futilidade do reconhecimento do bom trabalho, etc. Pode ter havido mais casos vitais. Quem se importa com isso? Quando ele se lembrou de que também faz parte deste governo, ele se sentiu um pouco tímido.

Suresh Sir tinha uma personalidade não contaminada pela corrupção. Portanto, havia detratores e admiradores dele. Mas ele é uma das muitas pessoas que ele amava de coração. É um fato real que não adianta saber apenas trabalhar, temos que aprender a nos adaptar à oportunidade também. Caso contrário, teremos que aceitar qualquer tipo de perda. Pensando assim, a história do serviço expirado foi despedaçada e destruída.

É seu último dia neste cargo. A ordem de alívio foi recebida. Durante esse tempo, cada equipe está vindo e se despedindo dele. Esta é uma visão regular em escritórios do governo. Isso continuará a acontecer.

O tempo oficial acabou. Ele pegou todos os seus papéis e levantou-se de seu assento para ir para o próximo escritório no novo posto.

A chuva noturna

O pôr do sol. A luz do dia quase desapareceu para trás. Twilight ficou hipnotizada. Chovia incessantemente lá fora. Devi estava removendo ansiosamente a cortina da janela e olhando para fora de vez em quando. Depois de um tempo, ela viu a luz de um carro à distância.

O carro chegou ao pátio. O Sr. Balan, seu marido, saiu do carro sem pegar o guarda-chuva que estava guardado dentro dele e subiu até a varanda, molhando. Devi saiu e limpou a cabeça e o rosto com a ponta de seu sari.

Ele entrou na sala de estar e sentou-se no sofá. Então ele sorriu e deu um tapinha no ombro dela. Ela perguntou a ele: 'Baletta, e quanto ao seu ocupado, acabou? Balan sorriu.

"Não, Devi. Deixei todos na casa de hóspedes. A comida também foi providenciada", disse Balan.

Devi tirou dele todos os arquivos e os colocou sobre a mesa. Ela pegou o café quente guardado no frasco e deu a ele.

"Não é tão necessário. Eu bebi café com eles."

Depois de dizer isso, Balan sentou-se no sofá e bebeu metade do café quente. Ele deu o resto para Devi. Devi também se sentou com Balan no sofá.

"Não é uma boa chuva? Pensei em esquentar um pouco quando chegar." Devi expressou seu amor por ele. Balan continuou.

"Que tensão havia. O DGM também estava lá. Eles verificaram todos os arquivos. O dia inteiro ficou para trás. Felizmente, não houve problemas."

'Como pode haver problemas? Que problemas poderiam ter para um homem honesto e pontual", pensou Devi.

"Perdi um registro importante, era tarde demais para rastreá-lo. Essa era a tensão. De qualquer forma, hoje acabou. Haverá amanhã também. É um evento de dois dias."

Enquanto ele estava sentado no sofá tirando as meias, ele estava falando sobre assuntos de escritório e Devi ouviu com curiosidade.

"Devi, eu tenho que fazer uma refeição rápida hoje, deixe-me tomar um banho. Depois disso, tenho dois arquivos para verificar."

Devi foi rapidamente para a cozinha. Depois de um tempo, Balan veio para a sala de jantar depois do banho e começou a jantar que já havia sido arranjado por ela.

"Eu tenho que ir cedo amanhã; Vou para a cama somente depois de verificar esses arquivos. Estarei calmo apenas quando eles partirem.

Balan era o gerente da filial da empresa. O DGM e dois funcionários da sede vieram para sua inspeção regular, que é realizada todos os anos. Depois do jantar, ele pegou os arquivos sobre a mesa e começou a examiná-los. Devi sentou-se ao lado dele e começou a narrar os detalhes do dia.

Balan cantarolava e balançava a cabeça de vez em quando com as palavras dela, mesmo em meio ao trabalho. Depois de completar isso, os dois foram para o quarto. Devi conhece muito bem a ocupação e o senso de responsabilidade de Balan. Ela também é ministra para ele. Da mesma forma, Balan também não se esquece de perguntar a ela sobre sua alimentação e saúde, mesmo durante sua agenda lotada. Ambos se sentaram na cama e continuaram a conversar. Ele disse, "Você deve comer na hora certa e não hesite em comer enquanto eu não estiver lá."

Ela sorriu e sentou-se perto dele na cama e começou a esfregar os dedos no colo dela. Depois de um tempo, ela disse:

"Eu vou depois de terminar o trabalho na cozinha, ainda há um pouco mais de trabalho." Dizendo isso, ela foi para a cozinha novamente.

A chuva ainda estava caindo lá fora. Quando Devi terminou o trabalho da cozinha e chegou à cama, Balan já havia adormecido. Ela apagou a luz e foi para a cama. Ela o abraçou com a mão direita. Então ela lentamente colocou a cabeça e o rosto no peito dele. O cabelo em seu peito e o cheiro de seu corpo a excitavam.

Mesmo que Balan estivesse quase dormindo, a presença dela tocou sua alma interior. Ele acordou e a abraçou com as mãos fortes, mesmo naquele meio sono.

Assim, eles gostaram daquela noite. A chuva ainda estava caindo lá fora. Chuva é amor. É um amor profundo se fundir com o solo. A chuva que se apaixonou pelo solo foi bebendo amor sem deixá-lo acabar. Com um coração melodioso e amor ardente, ela adormeceu deitada ao lado dele.

À meia-noite, Devi de repente abriu os olhos. Então ela não conseguiu dormir por um tempo. Ela lentamente pegou a mão dele e colocou na cama como uma mãe tentando tirar o bebê do colo e deitá-lo sem perturbar o sono, e sentou-se lá. A chuva ainda caía, pois o desejo de solo não podia ser separado. Devi agora não é apenas uma esposa, mas também uma mãe para ele. Diferentes atitudes das mulheres indianas!

Naquela época, ela começou a se lembrar de muitas coisas sobre a chuva. Em sua infância, ela costumava assistir com curiosidade sentada na varanda que Quando a chuva escorria no telhado da casa e caía no quintal, pequenos poços se formavam e a água que caía neles espirrava como cristal. Quando a água era amarrada no quintal, um barco de papel era feito nele e o via flutuando.

Em seus dias de escola, a história em malaiala 'Oru kudayum kunju pengalum' a deixou muito triste. No inverno, muitas crianças sofrem as consequências do desemprego e da pobreza, por um lado, e problemas de viagem, várias epidemias sazonais, desastres naturais, etc., por outro. Então, ela odiava a chuva, embora tivesse um guarda-chuva e outras instalações naqueles dias, ela pensava nas dificuldades dos pais pobres lavando seus uniformes. Mas no verão existe apenas um problema de calor elevado.

O governo muda as férias escolares durante a estação chuvosa? Se as férias escolares fossem modificadas! Ninguém sabe por que as férias do tribunal também.

Não há muitas perguntas sem resposta neste país? Devi pensou em muitas coisas e deitou-se novamente. O som da chuva lá fora ainda estava lá. Devi não conseguia dormir.

A chuva é amor e felicidade para muitas pessoas. Mas ela estava com medo disso pensando em casas com vazamentos, idosos doentes, etc. Mais tarde, quando eles caminharam! a borda do campo sob um guarda-chuva com seu primo Balan, que estava propondo casamento a ela, novamente ela começou a se apaixonar pela chuva.

À medida que a chuva se apaixonava pelo solo, o amor por Balan penetrava profundamente em seu coração.

Devi, que estava deitada e pensando na chuva que chovia lá fora, caiu em sono profundo novamente. Então ela acordou novamente somente depois de ouvir o alarme. A essa altura, já era madrugada. Ela se deitou perto de Balan, abraçando-o novamente. Se ela acordasse sem dizer a ele, ele ficaria desapontado. Ela nunca costumava se preocupar com ele, que a ama tanto quanto sua vida. Balan também estava acordado do sono a essa hora.

Ela relutantemente se levantou, removendo seu abraço, pressionando os lábios em sua testa e olhos, e colocando beijos quentes. Em seguida, para a cozinha para o café da manhã, etc. Como uma verdadeira Deusa! O almoço deve ser preparado e deve ser dado a Balan quando ele for trabalhar. rotina iniciada...

O luto de uma senhora

O frio no mês de Capricórnio está alto hoje. A preguiça da manhã de domingo não está indo embora. Leelawati, que é professor universitário, deitou-se debaixo do cobertor novamente relaxando. Sua filha Geeta está ocupada preparando o café da manhã na cozinha. Está nevando lá fora. Você pode ouvir o barulho das crianças da casa ao lado vindo para pegar as mangas que caem da árvore no quintal sul.

Embora ela tenha ficado assim por algum tempo, mas se levantou com relutância. Naquela época, Geetha havia chegado com café na cama. Eles aproveitaram o frescor da manhã soprando e bebendo lentamente o café fumegante. Depois de toda a rotina matinal, Lilavati foi até o sofá da frente, pegou o jornal do dia e começou a examiná-lo.

À noite, ela tem que participar de um seminário sobre 'Mulheres Empoderamento para sua elevação', que contará com a presença de muitas pessoas eminentes. ela agora está na casa de sua filha. Quando ela estava bebendo café e lendo o jornal, seus olhos de repente foram trazidos para a coluna do obituário. Surpreendentemente, nessa coluna, ela viu a foto de seu primo Naliniyedathi.

O professor olhou de novo e de novo incrédulo. Sim, era ela. Como se lá ela sentisse um lampejo de medo por dentro. Nada se ouviu falar dela de ninguém. Como foi o fim dela? Pensando nisso, ela ficou sentada por algum tempo como se não pudesse se mover.

Seu Naliniyetathi também se juntou às inúmeras almas que nasceram nesta terra e de alguma forma conseguiram sobreviver e se esconder na escuridão eterna! Krishnanetan, marido de Nalini Etathi, que também era parente, morava perto de sua casa ancestral. Etathi era muito bonita e terna e seus olhos arregalados sempre pareciam ternos. Krishnanetan era o mais velho dos cinco filhos do tio Sridharan. Embora tenha se formado no Sacred Heart College, ele era uma pessoa muito supersticiosa. Ele não tinha amor ou fé em nenhum ser vivo nesta terra. Ele não tinha mundo lá fora, exceto sua própria casa.

De vez em quando, havia uma briga naquela casa. Principalmente foi por alguns assuntos bobos. feito por seu Krishnetan. Ela ouviu tudo isso de sua mãe, que costumava dizer isso quando ouvia brigas lá. Etan, que trabalhava em uma empresa privada, trabalharia diligentemente. Embora ele fosse mesquinho, ele era rigoroso. Se houvesse uma briga na casa, ninguém poderia ver a mãe de Etan do lado de fora por vários dias. Isso foi uma grande vergonha para eles. Então, ninguém ousaria questionar isso.

Imediatamente após o casamento de sua irmã mais velha, eles começaram uma proposta de casamento para Krishnanetan. Se alguém perguntasse sobre a natureza briguenta de Etan, diria: "Ele nasceu no início da manhã de uma terça-feira. Essa é a raiva dele. Não deveríamos nos casar quando os filhos estão envelhecendo?" Então ninguém diria nada.

Os pais fingiram não ver a imaturidade da mente de Etan. Caso contrário, o que eles podem fazer? De qualquer forma, o casamento correu muito bem. Depois disso, a situação começou a piorar. Krishnanetan, que era naturalmente egoísta e tacanho, começou a impor suas preferências e interesses egoístas àquela mulher.

Em meio a essa situação, os pais ficaram chateados. Na verdade, em todo esse tempo ela estava tentando rir na frente dos outros depois de suportar toda a tortura e isolamento de seu marido. Quando Nalini chega em casa de vez em quando para conversar com sua mãe, Subhadra, ela costumava ouvir a conversa deles sentando-se com eles. Ela se abria apenas para a mãe ocasionalmente Leelawati ainda se lembra do que Etathi disse uma vez sobre ele. Ele disse a ela: "Eu não queria esse casamento. Eu precisava de algum dinheiro. É por isso que decidi me casar porque meu pai me contou." O professor agora percebe que ele era uma personalidade narcisista. Nalini costumava contar à mãe sobre os problemas comportamentais do marido e como ela guarda todas as suas preocupações para não incomodar ninguém em sua própria família.

Seus pais estavam desamparados e não podiam dizer nada a ele, que costumava brigar por coisas triviais, torturar-se e chorar. Ainda assim, eles a culpavam como se não soubessem de nada. Muitas vezes, mesmo que ela tivesse voltado para a casa de sua mãe, ele ia lá e fazia tumulto e a trazia de volta.

Assim, sua vida foi humilhante e cheia de tortura física e mental também.

Um dia, quando Leelawati veio da faculdade, Nalini estava conversando com sua mãe Subhadra na varanda da cozinha. Subhadra era muito amorosa e se visse as preocupações de outras pessoas, rapidamente simpatizaria com elas.

Ao vê-la, Leelawati pensou que Edathi poderia ter vindo correndo em busca de algum alívio. Ouvindo a repreensão de sua mãe, ele deixou o livro sobre a mesa e foi para a varanda.

'Nalini, há dinheiro suficiente em sua casa e nada de errado com você. Vá para sua casa com seus filhos. Eles não mudarão na medida em que não tiverem consciência de culpa. Não há outra maneira de sair disso. Por que uma vida assim? Eles não são boas pessoas."

"Tia, eu não quero que ele venha e faça barulho lá."

"Ele está fazendo tudo isso porque você escondeu tudo desde o início, e agora ele não tem medo. Não há matéria em dizer nada. Mamãe respondeu. De qualquer forma, eu me pergunto sobre seus pais que ousaram fazê-lo se casar. Agora estão todos unidos, deixando-vos sozinhos."

Subhadra continuou e tentou acalmá-la. Depois de um tempo, ela voltou.

Que desamparo é esse. Krishnan é justo de ver e educado. Mas sua imaturidade estragou tudo. De qualquer forma, ele tem a sorte de se casar com uma garota rica, escondendo seu distúrbio de comportamento. Leelawati se lembrou daqueles velhos tempos também por algum tempo.

Durante sua vida difícil, ela deu à luz três filhos. Eles foram criados com cuidado por sua família.

Naquela época, Lilavati havia deixado a casa da família devido ao casamento e ao trabalho, etc.

Depois de alguns anos, quando ela voltou para casa, ela perguntou à mãe sobre Krishnetan e sua família.

"Ele ainda é o mesmo de antes. Mas ele cuidará bem de seus filhos. É um alívio para Nalini.' respondeu a mãe.

Leelawati participou de muitos seminários e conhece a experiência de muitas dessas pessoas. Ela perguntou.

"Seus irmãos não têm o conhecimento para entender essa natureza rude? Eles não vão se importar?' Mamãe sentou-se e cantarolou.

"Por que eles deveriam se preocupar com Nalini? Quando Nalini veio, eles foram salvos. É verdade, ele é egoísta. Eu a aconselhei várias vezes a falar sobre ele com alguém e encontrar uma solução para isso. Mas ela não obedeceu, pois é vergonhoso para ela." A mãe continuou.

Ela estava certa quando pensamos em nossa sociedade.

Enquanto ela pensava em tudo isso, de repente se lembrou do fato de que o tempo está se movendo. Ela olhou para a foto no jornal novamente e suspirou mais uma vez.

Ela também lembrou que em um dos seminários anteriores, alguém havia apresentado o desamparo de uma mulher que conviveu com um psicopata.

Muitas pessoas pensam que podem mudar seu caráter casando-se com uma pessoa tão imatura como ele. Mas é errado e é como atirar pedras na vida de outra pessoa. Então, se algo assim acontecer, não hesite em falar. Ela se convenceu.

Agora, e os filhos deles?' Após a morte de sua mãe, ela não vai para a casa da família e não sabe de nada. O falecimento de uma pessoa que influenciou muito em sua juventude, e também nas memórias da casa de sua família. Ela sentiu muita tristeza. Ela também observou com tristeza em sua mente que as leis são muitas vezes irrelevantes diante do sentimento de orgulho de uma mulher em nossa sociedade.

A essa altura, sua filha ligou para tomar café da manhã. Ela se levantou lentamente do sofá e entrou.

Regresso a casa

São cinco horas da manhã. O alarme começou a soar 'tur tur'. Manu relutantemente abriu os olhos lentamente. De repente, ele percebeu a ausência da pessoa deitada por perto. Ele se sentiu um pouco desapontado, mas depois ficou aliviado. Uma sensação como se ele tivesse um pouco de liberdade em algum lugar dentro dele. Ele se cobriu com o cobertor e deitou-se por um tempo e depois se levantou da cama. Então você pode ouvir o som do chá batendo na loja de chá de Chandretan.

É a voz que foi ouvida por muito tempo. Um grupo de pessoas tem sido visitantes diários todas as manhãs com fumaça nos lábios como sua "paz de espírito" e uma xícara de chá preto nas mãos. É nessa comunidade que muitos de seus problemas familiares muito complicados são discutidos e às vezes resolvidos. Também não há escassez de difamação.

A esposa de Manu, Rakhi, sempre acorda primeiro ouvindo o alarme. Manu acorda quando ela quase termina seu trabalho de cozinha normalmente. Até lá, haverá café quente na mesa. Manu olhou para a mesa como de costume. Sem café preto normal;

É verdade que ela diz que "Manuvettan sabe o meu valor quando não estou lá."

Manu foi até a cozinha e fez um café preto e veio para o sofá da frente. Estava apenas amanhecendo. A loja de Chandretan parece estar ocupada. O som do chá batendo está sendo ouvido continuamente. Ele vê aquela loja de chá desde que nasceu. Embora já tenha passado muito tempo, nada mudou muito naquela loja de campo. Mas algumas coisas também podem ser mencionadas.

Desde que a nova ponte chegou, não há mais o barqueiro usando um kaili e um chapéu velho remando-o com seu longo remo. O pôster do filme com a foto de Prem nazir, Jaya bharati, etc. na varanda da loja de chá tornou-se uma mera memória. E alguns outros também foram escondidos daqui.

O Android assumiu tudo. O que muda hoje em dia? Podemos ler, assistir e ouvir o que quisermos com um toque de dedo no telefone na mão!

Manu terminou de beber café preto e colocou o copo na cozinha. 'Manuvetta Sambar foi feito e guardado na geladeira.' Como se a voz de sua esposa estivesse soando em seus ouvidos. Isso mesmo, há também a massa para a ociosidade que foi guardada.

Manu então voltou à sua rotina diária. Depois de tomar banho, ele pensou: 'Hoje posso ir à casa de chá de Chandretan e comer pudim e amendoim'.

Embora Chandretan seja velho, seu brilho não diminuiu até hoje. Havia duas filhas para ele. Eles se casaram e se estabeleceram em lugares diferentes. Agora Chandretan e sua esposa estão administrando a loja. Lalitha, a filha mais velha, que fala muito pouco, sempre ajudou o pai na loja de chá. Ela parou de estudar depois da escola e continuou. Seu único hobby era assistir filmes indo ao teatro durante o dia de vez em quando. Naquela época, ela se apaixonou por Murali, que trabalhava na loja ao lado. Ninguém podia acreditar que eles estavam apaixonados até se casarem. A linda filha mais nova também se casou em se apaixonou... Assim, o casamento de duas filhas não se tornou um fardo para Chandretan e sua esposa.

Manu foi ao sit-out para ver se o jornal havia chegado. O leiteiro trouxe leite e o deixou em casa. Normalmente, quando ela não está em casa, ela diz para não trazer leite. O que aconteceu desta vez? Enfim, Manu pegou e colocou na geladeira. Caso contrário, ela ficaria irritada.

O putt e o amendoim na loja de Chandretan são muito saborosos. Às vezes, quando ele estava sozinho assim, ele quer ir lá e comer. No passado, a principal atração da loja era kappa puzhukku e undampori, mas agora mudou para uzhunnuvada e pazhampori. Quando ele era jovem, e quando costumava ir ao templo pegando a mão de sua mãe, ele costumava espiar aquela loja com grande saudade... sempre seria visto como uma panela preta fumegante no fogo com um copo manchado e uma peneira acima dela. Agora ele está usando gás de cozinha em vez de lenha.

Manu foi à loja de chá depois da rotina matinal. Havia um grupo de pessoas conversando seriamente na frente da loja. Sathyan Chetan era o líder do grupo e tinha conhecimento em assuntos mundanos. Quando viram Manu, ficaram felizes e perguntaram surpresos:

"Por que você está aqui? Normalmente você não vem aqui."

"Minha esposa foi para a casa dela. hoje estou sozinho aqui."

Depois de dizer isso por um tempo, Manu entrou na loja. Havia mesas e cadeiras de aço dispostas dentro da loja. Ele se sentou em uma cadeira lá. Chandretan trouxe putt, ervilhas e pappadam. Manu aproveitou tudo com muita alegria. Esta casa de chá é sempre uma nostalgia de Manu.

Sathyan Chetan, que estava do lado de fora da loja, estava dizendo em voz alta:

"Fumar em locais públicos foi interrompido. Quão secretos somos para fumar aqui? Só de manhã. Da mesma forma, deixe o governo parar de jogar lixo em locais públicos. Quanto lixo podre eles estão carregando? Eles não são humanos também? As pessoas que jogam lixo devem ser apanhadas e colocadas na prisão. É a hora do Android. Para onde quer que você olhe, CFTV e telefones celulares. Como é fácil malhar ." Então a outra pessoa que estava ouvindo disse:

"Isso mesmo. Se você pedir que paguem uma multa, todos pagarão. Se forem pegos na prisão, prestarão atenção mais tarde por causa da vergonha."

Manu não prestou muita atenção à conversa e bebeu o chá fumegante. Ele deu o dinheiro a Chandretan e saiu da loja. Sathyan Chetan continuava suas conversas sobre adulterar a comida e ficar doente depois de comprá-la, etc. Sathyan Chetan está tão moralmente zangado porque sua esposa é varredora ferroviária. Manu pensou: 'Varrer o lixo não é uma tarefa trivial. Muitas das pessoas teriam um pacote nas mãos em sua caminhada matinal para jogar fora na estrada deserta. Manu voltou pensando que não é possível para nossos governantes melhorar nosso país instalando água potável e banheiros públicos em todos os panchayat, tratando cientificamente os resíduos e tornando obrigatória a segurança alimentar.

Manu abriu o portão e entrou. 'Rakhi pode ter me chamado'. Ele pensou. Ela está ligando para saber se eu dormi bem à noite, tomei café da manhã ou fiz o que lhe foi dito. Depois de sair daqui, ela terá muito cuidado comigo. De qualquer forma, se ela não estiver em casa, é realmente uma grande lacuna. Quando ela está lá, até tiffin é trazido e guardado na minha bolsa. Pensando em tudo isso, ele se sentiu um pouco triste.

Manu pegou o telefone e verificou. Três chamadas perdidas. Pensando que nada poderia ser feito por causa desse quinto poder, ele pegou o telefone e ligou de volta. Ela sente falta dele. Manu sabe bem disso.

'O que foi aquele Manuvetta? Quantas vezes eu liguei?' ela mostrou sua antipatia. Será assim que, quando houver escassez, o preço aumentará. Manu se sentiu feliz.

De qualquer forma, deixe-o ir para o escritório hoje e possa terminar todo o trabalho pendente. Ele começou a se preparar para ir ao escritório. Rakhi tinha feito suas calças, camisa, etc pronto para vestir. Ela ligou para ele apenas para saber se ele tinha ido ao escritório. Que carinho e amor para ele. Então o coração de Manu começou a derreter com seu amor por ela. Ele imediatamente pegou o telefone e ligou para Rakhi para voltar hoje. De repente, ela concordou, como se estivesse desejando ouvi-lo. Então ele pegou sua bicicleta e foi para o escritório pacificamente.

Seu Carmesim Desbotado

Parte 1

O grande portão de ferro em frente àquela casa foi aberto e o carro Honda City branco chegou ao quintal com um pouco de barulho. Ao ouvir o som, seus pais correram rapidamente para a varanda com alegria.

"Venham, filhos, há quantos dias vocês dois veem?"

Eles cumprimentaram seus filhos chegando ao quintal. Vendo seus filhos, os olhos dos pais brilharam com lágrimas de alegria. Como haviam sido informados de que viriam, os dois estavam de olho no portão desde a manhã.

Sua filha, Viji, foi a primeira a abrir a porta e descer, vendo seu pai e sua mãe, ela rapidamente os segurou juntos e os abraçou. Naquele amplo quintal, havia uma bela sombra de várias árvores floridas plantadas ali. Quando estava na sombra do quintal, que prazer! Que sensação! Ela cheirou e abriu o nariz e saboreou o cheiro e o ar que permaneciam ali. Que nostalgia!

A essa altura, Sumesh abriu lentamente a porta depois de estacionar o carro no galpão. Ele pegou alguns pacotes guardados no carro e todos foram para a varanda.

"Tio e tia estão vindo vê-lo. Eles chegarão agora."

"Oh, bem, vamos vê-los." Ela compartilhou sua felicidade.

Assim que pisou na varanda, Viji se sentiu muito feliz e em paz. Faz apenas dois meses desde o casamento.

"Venha, Sumeshetta" Ela pegou a mão de Sumesh e o sentou no sofá. Ela também se sentou ao lado dele

Os pais também se sentaram no sofá junto com seus filhos.

"Mamãe estava olhando para o portão desde a manhã porque está com pressa para vê-lo. E a viagem foi boa? "O pai perguntou.

A conversa deles era como voltar de uma longa jornada.

"Que quarteirão foi na estrada, papai, ou teríamos chegado mais cedo." respondeu Sumesh

"Pai e mãe estão bem, filhos?" perguntou a mãe

"Oh, todo mundo está bem." Mais uma vez, Sumesh respondeu.

Viji é geralmente alegre. Na verdade, ela é uma caixa de riso em si. Seus longos cabelos encaracolados, suas bochechas rechonchudas cor de rosa e o Sindhoor vermelho em sua testa atrairão todos para olhar para ela mais uma vez. Sua mãe observou seu cabelo e contou.

"Eu queria te dar a ervilha em pó. Mas depois pensei que seria feito da próxima vez."

De qualquer forma, eles ficaram aliviados ao ver que as duas crianças estavam felizes.

"Bhanu rapidamente dá às crianças algo para beber." Perguntou ao pai para a mãe.

Mamãe foi apressadamente para a cozinha e trouxe o suco de manga guardado na geladeira e deu para os dois. Então ela disse a Sumesh.

"Aqui está a nossa manga, eu estava esperando para servir seu suco para você."

Foi muito doce. Ambos beberam o suco ansiosamente. O rosto de Sumesh de repente ficou alegre.

"Como está sua doença?" Viji perguntou ao pai.

"Isso está acontecendo sem nenhum problema, minha filha. Eu só quero ver se você está bem.

"Quando minha filha estava hospedada no albergue, ela costumava ligar e conversar comigo todos os dias. Toda semana, minha filha voltava para casa. Agora já se passaram dois meses desde que falei abertamente com ela. Papai pensou em sua mente.

Mesmo que ele estivesse um pouco ansioso, ele não tinha mostrado isso em seu rosto. Eles estavam ansiosos com a filha e permitiram que ela se familiarizasse com a nova casa e o ambiente sem perturbar a filha. Lembrando-se de que Viji não deveria ter nenhum problema lá por causa deles, eles disseram:

"Nem sempre ligue, apenas ligue se precisar de algo."

"Deixe Sumesh trocar de vestido, vou para a cozinha preparar a comida. " mãe disse,

Dizendo isso, a mãe foi para a cozinha. A essa altura, tio e tia chegaram. Sumesh e Viji foram para o quarto depois de sua conversa com eles. Mamãe e tia foram para a cozinha.

Viji, que está estudando medicina ayurvédica, tinha muitas propostas. Mas, quando veio a sugestão de Sumesh, que trabalha como inspetor no departamento de veículos motorizados, seu pai disse.

"Quando ela envelhecer, não haverá nenhuma deficiência de kotamchukadi (um óleo para massagem). Vamos fazer isso." Todos os membros da família concordaram.

Até então, eles queriam um médico Ayurveda. Agora, quando souberam que era um trabalho do governo, mudaram de ideia. É para obter kotamchukadi ou é a 'chillera' local (algo como um suborno) que atrai todos para o trabalho do governo? Ou é como a travessa Viji diz que ela deveria tirar uma licença depois de conseguir um emprego no governo, pois costumava imitar alguns atores? De qualquer forma, o casamento foi conduzido de forma auspiciosa

Quando trocou de vestido, sua tia e sua mãe já haviam arrumado chá e doces na mesa. Pai e tio também estavam lá.

"Venham todos, vamos tomar chá", ela convidou todos para tomar chá.

Havia todos os doces que ela gosta. Viji começou a comer cada um avidamente. Ele pegou um pouco e entregou a Sumesh. Ela perguntou à mãe enquanto bebia chá.

"Mãe, meu olho direito está sempre piscando. O que é?"

"É um mau presságio; é dito como um sinal de qualquer coisa ruim chegando.

Parte 2

Enquanto bebia chá, papai começou a perguntar sobre o bem-estar deles novamente, procurando.

"Como está indo o trabalho?"

"Não há tempo para nada, pai, sempre ocupado. Ela reclama e reclama quando chego em casa depois do serviço. Como ela não tem emprego, ela não entende o que eu digo"

Embora Viji tenha tirado boas notas em todas as aulas e passado no teste de admissão, sua classificação caiu pouco. Então, ele foi admitido apenas no Ayurveda. Eles consertaram esse casamento depois de concordar em concluir seus estudos, pois a proposta veio antes do término do curso. Cento e um Pavan de ouro e um carro Honda City foram dados como dote. Agora ele está falando sobre desemprego. De qualquer forma, todos negligenciaram essa conversa e beberam chá alegremente. Então Sumesh começou de novo.

"Ela sempre pensa em ir para casa. Mamãe deveria dizer a ela para não fazer isso.

Como alguns poetas cantaram, a lua de mel é quando devemos ser capazes de desfrutar e derramar a doçura do amor e do romance de nosso cônjuge, querendo e amando um ao outro! Mas agora aqui tudo o que ela pensa é um erro. Eles pensaram em sua mente.

"Todas as garotas são assim. Não é a primeira vez em tantos dias que ela está longe de casa? Isso vai ficar bem." Mamãe fez disso uma coisa simples.

A tia então mudou de assunto falando sobre a ocupação do trabalho. Nosso vizinho Sreedevi, que mora perto de nós no lado norte, levanta-se de madrugada e começa a trabalhar na cozinha. Ela termina todo o trabalho doméstico e vai para o serviço às oito horas da manhã. Então é o marido que está deixando os filhos na creche a caminho do escritório. Ele volta apenas às sete horas da noite. Que difícil será. não é?

Então o tio disse:

"Deixe-me perguntar uma coisa, em nosso estado com três milhões e meio de pessoas, por que o governo está dando empregos e todos os benefícios apenas para algumas pessoas insignificantes e fazendo-as sofrer? O trabalho deve ser reduzido pela metade e o salário deve ser reduzido pela metade, então haverá empregos para muitas pessoas. O governo também não receberia os serviços do dobro do povo? Agora, o trabalho feito por uma pessoa deve ser dado a duas pessoas em dois turnos. Você pode ir trabalhar uma vez e pode cuidar de sua família em outro momento, você pode fazer outro trabalho, como agricultura, criação de vacas, etc. Além disso, as necessidades das pessoas serão resolvidas rapidamente. Todo mundo não vai trabalhar apenas para sustentar sua família? Não é?"

"Bem dito, tio.

Tio está correto. Mas os funcionários do governo não vão gostar. É verdade. Todo mundo gosta de reduzir seu trabalho, mas será que eles gostam de reduzir seu dinheiro?" disse Sumesh.

A conversa parou por aí.

Sumesh estava saboreando todos os pratos. Não importa quando ele conseguisse alguma coisa, ele se sentava e comia devagar com paciência. É seu respeito pela comida ou ganância e avareza?

Quando ela se levantou depois de beber chá e foi para a cozinha, sua mãe disse

"Você vai para Sumesh; caso contrário, ele não ficará entediado.? Já fiz todo o trabalho na cozinha." "Isso mesmo" A tia apoiou.

Viji ligou para Sumesh e foi para o quintal. Vários tipos de plantas com flores foram plantadas em ambos os lados, do portão à varanda. Sua "mãe divina" buganvílias ao lado do portão parecia dominá-la. Ao tocar em todas as plantas que ela havia plantado e cuidado, e conversando com elas kinnaram, eles andavam ombro a ombro no quintal. Ambos estavam gostando muito desses momentos.

É um terreno amplo e no meio dele está esta antiga casa de família. Há paredes nos quatro lados e cheias de árvores e plantas. O lugar onde ela passou o verão com todos os seus amigos. Em seus dias de escola, ela costumava correr e brincar por todo o chão para pegar as pequenas borboletas, etc. lá.

Não querem todos nesta terra visitar mais uma vez aquele pátio onde pastam todas as nossas doces e velhas memórias? Mais uma vez? Temos que prestar nossos respeitos ao senhor ONV e seus colegas que colocaram um tema tão universal em letras agradáveis e apresentaram a Malayali.Mas Sumesh não estava muito interessado neste assunto. De qualquer forma, ele apenas ouviu tudo cantarolando com frequência.

Eles vagaram pelo quintal e depois se sentaram por um tempo sob o salgueiro ali. Se alguém olhar para eles, eles obrigariam a lembrar que os Millennials atrás, nas margens do rio Tamasa, se lembrariam daqueles gêmeos kraunja que estavam sentados em um galho de uma árvore conversando e beijando os lábios um do outro em romance. Ao vê-los neste momento, pode vir à mente de qualquer pessoa, o primeiro verso do Ramayana veio à mente sem saber: 'Manishada...

As flores de arali estão murchas e espalhadas pelo chão. Quando ela viu, sentiu um pouco de dor em algum lugar no canto da mente de Viji. Ela se lembrou com um coração caloroso e consciente. O filho de seu tio. Ele agora está no exterior. Ele é como seu próprio filho para seu pai e sua mãe. Eles cresceram juntos desde a infância. Eles estavam acostumados a sentar sob esta árvore Arali e conversar muito. Pode ser dito apenas como amor fraterno? Então ele não veio por alguns dias quando esses pensamentos sobre o casamento começaram. Seu rosto estava sombrio. Quando esse casamento foi confirmado, os dois não sentiram uma sensação de perda? Eles mantiveram um amor inocente que não contaram um ao outro? Ele sempre se interessou mais pelos botões do que pelas flores nas quais há fragrância e beleza escondidas dentro.

Parte -3

De qualquer forma, ela não tinha energia para dizer que o queria. Se fosse para ele, ele não tinha nenhum trabalho depois de concluir seus estudos. Então, ele encorajou essa proposta que veio a ela. Talvez ele pudesse ter pensado que ela deveria se sentir confortável com quem quer que morasse. Deixe seu amor por ela ser para sempre, e também, ele pode ter pensado que não quer possuir nada que ama. Como as flores espalhadas abaixo sob a árvore.

Depois de algum tempo, tia e tio vieram até eles e começaram a conversar. Eles compartilharam todos os detalhes de seus filhos.

Nessa época, cozinhar estava acontecendo na cozinha rapidamente. Há frango, carneiro, pullisseri de manga favorito de Viji, pachidi de beterraba, etc.

Depois de um tempo, eles convidaram todos para comer.

"Venha Sumeshetta, vamos almoçar.."

Ela pegou Sumesh e foi para a sala de jantar. A ampla mesa de jantar estava cheia de pratos. Já se passaram dois ou três dias desde que a casa estava ocupada preparando um banquete para as crianças. A última semana foi de limpeza da casa e arredores. O maior desejo de qualquer pai é uma boa vida familiar para seus filhos. Essa realização de seus desejos! A família agora está contente.

" Sente-se. Vamos todos comer juntos", disse a filha.

Enquanto todos comiam juntos, um copo de água derramou sobre a mesa tocando a mão de Viji. Ela imediatamente se levantou e pegou um pano para limpá-lo.

"Você não vê isso, mãe, como ela é descuidada?"

"Eu não toquei nele sem saber? É um assunto tão grande, Sumesheta?"

"Não importa o que eu diga, ela vai discutir."

Quando Sumesh disse isso, ninguém reagiu a isso. Embora ele a estivesse machucando, ele continuou feliz como se nada tivesse acontecido.

"Temos que ir ao serviço amanhã, então temos que voltar hoje."

"Ok, então vá depois do jantar à noite" Eles responderam alegremente.

Nenhum obstáculo deve vir ao seu trabalho. Os pais pensaram.

Quanto a Viji, ela não quer ir. Ela não precisa ir para a faculdade amanhã. É a hora do exame. Ela só precisa estudar. Mas como ela pode contar a Sumesh? Ela não se atreveu a contar a ele. Ela não suporta ser culpada até mesmo por assuntos bobos. Especialmente na frente de seus pais. Então, ela decidiu não dizer nada.

Enquanto isso, a mãe perguntou à filha sobre os detalhes da nova casa.

"Ele parece sempre zangado e se importa apenas com o que sua mãe diz, mas quando a raiva acabar, ele será amoroso."

Ao ouvir isso, a mãe ficou aliviada. Ela disse,

"Todos os homens são assim, querida, não importa. ele é loving.it é suficiente

Mesmo que ela dissesse isso à mãe, Viji começou a se lembrar de suas experiências. Ele não entende nem mesmo uma piada que ela conta como é. Ele não estudou para 'Poly'? Com quantas pessoas ele deve ter interagido? Então, por que ele não me entende? Ele não entende nada com sabedoria? Tenho o hábito de encontrar qualquer travessura em tudo o que vejo ou ouço. Eu costumava dizer coisas assim com meus amigos e me divertir. Mas ele? A vida das meninas é assim? É por isso que eles dão tudo o que ganharam para se casar? Ou isso é apenas a experiência dela? Ela pode perguntar a alguém sobre isso? Tantas dúvidas começaram a entrar em sua mente naquele momento.

Ela começou a pensar novamente

Na primeira noite, ela entrou no quarto com um coração tão apaixonado. Sumesh não estava por trás de nenhuma expressão de amor. Eles gostaram a noite toda. Mas uma das palavras de Sumesh abalou seu coração.

"Houve muitas propostas para mim. A maioria deles eram oficiais. Mas era de você que meu pai gostava. Eu me casei com você sob a compulsão de meu pai.

Quando ela ouviu isso, sentiu como se o solo sob seus pés tivesse sido lavado. Então ela sentiu vontade de perguntar: 'Por que você me incomodou se alguém esteve lá de quem você gostou?'

Havia duas crianças na casa de Sumesh. O mais velho é Sumesh e o mais novo é Sushmita. Sushmita é casada e agora mora na casa do marido. Ela às vezes liga para Viji.

Sumesh nasceu e foi criado em outra casa. O irmão de seu avô, que morava ao lado daquela casa, era briguento e sempre teve uma disputa de limites com eles desde muito tempo atrás. Costumava haver uma grande briga sempre que eles construíam uma cerca. Eles costumavam tirar sarro de chamar um ao outro de nomes duplos. Mesmo que outro vizinho também fosse parente deles, eles eram leais à outra família. Sumesh nasceu e foi criado em tal situação. Sempre houve um cabo de guerra que persistiu. Sumesh tinha uma distância em sua mente de todos os outros. Mas a filha deles era o oposto disso. Ela era a queridinha de todos. Ela se dá bem com qualquer pessoa facilmente. Ela estava crescendo cantando e dançando etc. Uma vez houve uma grande briga que aconteceu para dizer que ele deu uma olhada furtiva na vizinha quando chegou ao ensino médio. Foi depois desse incidente, eles se mudaram para onde moram agora. É uma bela casa com um muro e um portão ao redor. Depois de vir e ficar aqui, ele começou a desenvolver uma tendência a brigar e ficar com raiva de repente.

Parte -4

Ele tem todas as características de um filho primogênito. Ele acompanha sua mãe ao templo. Ele ajuda na cozinha. Sua mãe compartilha todos os detalhes do bairro principalmente com o filho. Enquanto ele está junto com sua mãe o tempo todo, a filha passa seu tempo com todos e captura o amor e o carinho de todos. Mas Ele não prefere tanto quando alguém a elogia na frente dele.

Uma vez que a mãe reclamou com o pai sobre sua natureza, ele a culpou.

"Não o culpe, é tudo por causa da sua educação." Ela ficou em silêncio então.

Não são eles que o criaram sem considerar o desenvolvimento mental de seu filho? A filha que cresceu de acordo com suas preferências, sem interferir em assuntos desnecessários, tornou-se a favorita dos outros.

De qualquer forma, ele estudou e passou com notas altas e passou politécnico. Então ele foi para o treinamento do PSC. Ele passou no teste PSC com uma boa classificação. Além disso, ele conseguiu um emprego em breve. Ele tem sorte em todos os sentidos. Agora, com um bom relacionamento, também tenho uma esposa.

Depois do meio-dia, tio e tia foram embora, então sua mãe disse a eles:

"Ele não está ocupado com o trabalho e não pode vir o tempo todo, vocês dois deveriam ir a qualquer um de nossos templos."

À noite, os dois foram para o templo Bhagwati nas proximidades. Ela orou interiormente a Bhagwati ficando na frente de Sreekovil segurando as mãos no peito

"Minha Deusa, por favor, proteja-nos sempre."

Quando ela abriu os olhos semicerrados e olhou para o ídolo da deusa, ela viu uma aura extraordinária ao seu redor! As lâmpadas de iluminação na frente da deusa de repente pareceram aumentar de brilho. Como se a deusa tivesse algo a dizer a ela! Ou apenas um sentimento? Ela ficou maravilhada.

"Bhagavati, por favor, mantenha-nos seguros." Ela orou novamente interiormente.

Ambos receberam prasadam e deram o Dakshina ao poojari.

"Você sempre vem aqui?" Sumesh perguntou.

"Quando eu chegar em casa, irei adorar pelo menos uma vez."

"Senti uma sensação de calor no meu corpo lá. Uma ótima experiência!"

"Se chamarmos, esta deusa responderá ao nosso chamado imediatamente. Os devotos tiveram muitas dessas experiências aqui. podemos vir aqui sempre que viermos, Sumeshetta." Ela ficou animada.

Eles mandavam seus filhos para suas casas depois de dar-lhes o jantar. A mãe deu a ela óleo de coco, que foi feito por ela, especialmente e lentilha em pó separadamente. Além disso, alguns conselhos. 'Você deve tomar banho de óleo todos os dias, cuidar do seu cabelo, cuidar do seu corpo, fazer o que ele quiser, obedecer ao seu pai e à sua mãe, essa é a sua casa agora, mesmo que você não goste, não conte nada... e assim por diante. O conselho da mãe continuou.

Ela já ouviu isso muitas vezes, mas ainda assim, ela ouviu tudo silenciosamente.

Viji é ativo nas redes sociais. Ela fez muito 'TikTok'. Muitas coisas se tornaram virais. Ela não foi capaz de fazer nada depois do casamento. Para Sumesh, tudo isso é como obscenidade ou algo assim. Ela queria se juntar a Sumesh e fazer TikTok etc, mas logo entendeu que não é possível. Ele está ocupado com seu trabalho. Ele sempre chega atrasado depois do trabalho.

Meses se passaram. Viji está tentando se adaptar às características de Sumesh o máximo possível. Pode-se dizer que Sumesh tem sorte de tê-la como esposa. Se fosse qualquer outra pessoa, a imagem teria sido diferente agora.

Então o exame final se aproximou. As taxas dos exames tiveram que ser pagas. As taxas da faculdade e outras despesas também devem ser atendidas. Ela já havia gasto todo o dinheiro que tinha até então. Então, quando ela perguntou a Sumesh, ele ficou com raiva. Ele não gosta de gastar dinheiro com ela. Se ela pedisse alguma coisa para gastar, ele faria barulho alto esquecendo as instalações descaradamente. É uma espécie de chantagem

"Sua família não me deu dinheiro, se você quiser, pergunte de casa, não olhe para mim." Ele ficou com raiva.

Viji sentiu como um tapa na cara. Ela trouxe cento e um pavan de ouro, um carro Honda City, roupas combinando e todos os outros itens caros que foram apresentados. Demorou um mês para terminar os doces como achappam, kozhalappam, etc. trazidos de sua casa. Ainda assim, Sumesh diz isso.

Quando ela estava hospedada no albergue e precisava de dinheiro, seu pai lhe dava imediatamente de qualquer forma em apenas ligar.

"Eu pergunto à família de novo? O que eu diria e perguntaria?" Ela pensou: 'Ainda existem tais humanos?'. Ela se perguntou.

Finalmente, ela contou à mãe de Sumesh.

"Ele não está certo? A família não lhe deu nenhum dinheiro de bolso, e tudo em sua casa é seu de qualquer maneira? Não há nada de errado em perguntar a eles. De qualquer forma, vou perguntar a ele", disse a mãe.

Mais tarde, ela ouviu uma conversa entre a mãe e o filho. De qualquer forma, Sumesh pagou a taxa. Viji estava em tal situação que não sabia o que fazer. O marido dela é tão rude? Quando ela pensou em tudo isso, ela se sentiu muito desapontada. Ela gastou todo o dinheiro que tinha até agora sem procurar o quê ou para quem. Mas agora, quando ela precisava de dinheiro?

O dinheiro é necessário para muitas coisas para estudar. Ela se sentiu mal em pedir dinheiro a ele. Enquanto isso, um dia, quando seus pais vieram vê-la, ela pediu dinheiro e eles depositaram o dinheiro em sua conta.

Então, Sumesh ficou encantada quando começou a gastar dinheiro com tudo e tudo novamente. Ele gastaria muitas coisas com o dinheiro dela. Então, que simpático ele seria naquela época. Sumesh está explorando ela? Ela começou a ficar desconfiada e ressentida com ele.

Ela nem queria falar com ele e se manteve indiferente. Vendo sua ânsia de gastar seu dinheiro, um dia ela perguntou.

"Por que você se preocupou em se casar comigo se não tem nada para gastar comigo?" Ao ouvir isso, ele pulou abusando dela.

Parte -5

"O que você disse? Você cresceu para me questionar?" gritando assim, ele deu a ela uma batida forte com a palma da mão em sua bochecha avermelhada.

Ela chorou alto. Ele a espancou novamente.

Ela foi a única filha de seus pais que a criou sem lhe causar nenhum tipo de mágoa ou dor até hoje. Agora as impressões de suas mãos estão em suas bochechas brancas. Abuso físico nas mãos de quem se casou com ela! infelizmente?

A dor do espancamento estava de um lado e a vergonha de saber disso do outro lado. Seus pais vieram correndo depois de ouvi-la chorar e fazer barulho.

Ele está andando inquieto aqui e ali. Quando ele viu seu pai, ele começou a gemer.

"Eu não a quero, eu não a queria, todos vocês compulsoriamente me fizeram amarrá-la. Nunca pensei que ela pudesse vir discutir comigo. Eu não vou poupá-la; Não vou deixar ninguém me dizer nada assim enquanto eu viver."

Enquanto ele gritava assim, ele também estava ficando cada vez mais forte e correu para ela com as mãos levantadas e ficou como se fosse espancá-la. Seus pais estavam tentando bloqueá-lo ficando na frente dela.

"Deixe-a daqui e leve-a para casa imediatamente." Conselho da mãe.

"Desça rápido, posso levá-lo para casa agora mesmo no carro." Ele gritou.

Naquela época, seu pai levantou a voz e falou

"Ninguém vai a lugar nenhum aqui. Deixe-a ficar aqui. Vá para o seu trabalho."

Sumesh saiu da sala. O pai tem algum conhecimento. Ele sabe bem que seu filho é acusado.

Viji foi para a cama e chorou. Ela fechou a porta, mas não trancou com medo de chutá-la e causar tumulto. Hoje é o dia em que ela tem que ir para a faculdade. Ela começou a tremer de raiva e agonia.

"Era o suficiente para se casar com qualquer outro funcionário. Não teria havido nenhum desses problemas. Levará muito tempo até que ela comece a ganhar como médica." A mãe também mostrou irritação.

"Pare com isso, você não tem uma filha assim? você tem que parar", o pai repreendeu e começou a aconselhá-la.

Sumesh ficou calmo depois de algum barulho e brigas como uma dor final de parto. Ela se deitou na cama e tentou se lembrar das lições que aprendera uma a uma. Pessoas com várias deficiências mentais, comportamentais e de aprendizagem. Quando ela pensou em tantas pessoas, um medo brilhou dentro dela. Oh Deus, isso tudo é algo assim? 'Minha Deusa, por que isso me testa? O que eu fiz de errado? Ela ligou para Devi e chorou.

Ela se lembrou novamente. Quão educadamente eles falaram quando ligaram um para o outro no telefone após o noivado. Não faltou flerte. Mas ela nunca sentiu que ele não tinha coragem de respeitar os outros?

Ela ficou deitada virando-se para os dois lados com frequência, pensando em tudo sobre isso, e adormeceu em breve.

Depois de um tempo, sua sogra veio e ligou para ela.

"Vá tomar um banho e tente comer alguma coisa. Não discuta com ele. Ele só tem muita raiva. Ele é muito amoroso e bobo."

Ela não respondeu nada. Ela criou seu filho como imaturo e agora ela confessa!

Nesse ínterim, Sumesh tomou banho e comeu o café da manhã que sua mãe lhe dera e foi para o serviço.

Ela pensou em tudo e gemeu e cantarolou e se virou e dormiu até o meio-dia. Quando ela se levantou, ela começou a pensar.

"Devo contar em casa? eles não ficariam envergonhados se eu contasse? Eles não se preocupariam? É melhor que ninguém saiba disso."

Ela não falou com ninguém e pegou um pouco de comida da cozinha e comeu.

Ela estava mais traumatizada com dor mental do que com dor física. Até hoje, ela não trouxe nenhuma vergonha para si mesma ou para sua família. Agora ela está sofrendo de difamação. Que veredicto!

Então o sogro se aproximou dela e falou.

"Não lute quando ele vier. Ele vai esquecer isso. Às vezes ele está com raiva. Isso é tudo. Ele é muito amoroso e obediente. Não conte a ele nenhuma piada. Apenas fique aqui olhando para todos nós. Não tente discutir. Se você quiser qualquer outra coisa, apenas faça."

A estupidez do pai para evitar problemas. O que ele pensaria se a vida de sua própria filha fosse assim? Ela sentiu desprezo por ele.

À noite, Sumesh veio depois do trabalho como de costume. Entrou na sala e trocou de vestido. Seu pai estava certo. Não havia tal expressão em seu rosto sobre o que havia acontecido. Ela estava sentada na cama. Ele veio até ela e sentou-se ao lado dela. Ele segurou a mão dela. Ele acariciou seu rosto e falou.

"Eu vou te dar quanto dinheiro você precisa, não se preocupe." Naquela hora, ela esquece tudo e se apoia em seu corpo dizendo em voz baixa.

"Meu pai e minha mãe ainda não me bateram. Era o dia de ir para a faculdade. Eu não pude ir. Estou com dor." Lágrimas escorreram por sua bochecha"

A expressão de Sumesh mudou de repente. Ele estava agitado e disse em voz alta.

"Se alguém abusar de mim, será assim. Tudo aconteceu por causa de sua ação

"Thonnyasa e Pokrittara. Tudo é a sua natureza. Não permitirei que ninguém me ensine nenhuma prática nova.

Parte 6

Agora Viji entendeu uma coisa. Sumesh veio até ela não porque se arrependeu ou se sentiu culpado pelo que havia acontecido. Não importa o quanto ela pensasse sobre o que havia feito de errado apenas para levar um tapa, ela não conseguia entender. O que é tudo isso? Ela cobriu o rosto e chorou.

Ele se levantou lá e gritou novamente.

"Deve ser melhor você ficar em sua casa. Eu o poupo apenas porque estou pensando na honra de minha família.

Depois de ouvir isso, sua última expectativa também acabou. Não há muito o que esperar. Um esboço de sua vida estava quase claro para ela. Mais tarde, ela ficou indiferente e quase silenciosa.

Foi quando o telefonema de sua mãe chegou.

"Oh, mãe", ela pegou o telefone com uma expressão muito feliz e começou a falar.

"Estou bem, mãe, todo mundo está bem. Eu não fui hoje. Eu tinha um pouco de dor de cabeça quando me levantava de manhã, então não foi embora. Eu descansei. Sumeshetan veio depois do trabalho e está bebendo chá. e quanto ao querido pai?

A mãe deu o telefone ao pai. Ela o aconselhou a cuidar de sua saúde e caminhar todos os dias. Depois de falar por dois minutos, ela desligou o telefone.

Naquela época, lágrimas começaram a fluir de seus olhos.

Ouvindo o telefonema, as três pessoas ouviram. Felizmente, ele não puxou para cima, ela pensou. Então ela se levantou e pegou um chá para ele.

A irmã de Sumesh costumava ligar de vez em quando. Mas depois desse incidente, as ligações pararam. Por que ela deveria ficar aqui isolada nesta casa? Ela estava preocupada.

Agora Viji não é o velho Viji. Ela não fala muito com ninguém. Especialmente para ele. Nenhuma piada foi contada. Mesmo assim, ele acusaria,

"O que aconteceu com sua língua recentemente?"

"Não há nada de especial a dizer, Sumeshetta, o que posso dizer." Ela mostrou indiferença.

Ela mergulhou em seus estudos e passou seu tempo nas redes sociais quando ele estava fora.

Os dias estavam se movendo assim. Um dia, quando ela ligou para o pai, soube que ele sentia tonturas e foi levado ao hospital. Ele não disse nada em detalhes. Agora ele diz que fica tonto muitas vezes. Ela se sentiu desconfortável. Ele está ficando velho, haverá algo errado com ele? Quanto mais ela pensava, mais ela começava a se preocupar. Como era feriado, Sumesh estava em casa.

"Sumesheta, minha mãe disse que meu pai não está se sentindo bem. Eu tenho que ir para casa."

"O que aconteceu com seu pai?"

"Mamãe disse que ele estava tonto; Já tem sido assim muitas vezes. Vamos dar uma olhada, Sumeshetta;"

"Ninguém fica tonto? Vai embora com a medicina."

"Não, Etta, não é grátis hoje, vamos lá." Ela insistiu. Ele ficou com raiva.

"Aquele itself.no telefonar para quem deveria ligar mais desta casa." Então ele se levantou e capturou o telefone. Se ele ficar com raiva, a força de seu corpo também aumentará.

Mas ela não desistiu e insistiu novamente, dizendo: 'Eu quero ir. Ela não sentiu nenhum medo.

"Se eu disser para você não ir agora, então não vá, você conhece o calor da minha mão"

Depois de ouvir a conversa, o pai e a mãe intervieram

"Se você não tem tempo, deixe-a ir sozinha"

No início, ele estava relutante, mas depois concordou em sair.

"Seu melhor carro está deitado, chame um motorista e vá."

Ele estava zombando de novo e de novo, mas ela não se importava com isso. Agora ouve-se que duas ou três vezes ele não está se sentindo bem. Algo pode estar errado com ele. Toda a sua atenção estava em seu pai. Ela trocou de vestido e saiu sozinha. Pai e mãe não disseram uma palavra. Era como um sussurro dizendo: 'O amor dela não é pelo pai, deixe-a ir sozinha?' Ele disse que o melhor carro estava parado lá. Quando ela pensou sobre isso, ela se sentiu zangada e triste, mas seu coração estava cheio de seu pai.

Quando chegou em casa, conheceu seu pai e conheceu os detalhes, sentiu-se em paz. Ela verificou a receita dada pelo médico. Ela o verificou como ela sabe.

"Por que você veio sozinho, Sumesh, por que ele não veio? Hoje não é feriado?"

"Algo ocupado no escritório. Seu pai e sua mãe me disseram para ir sozinho. Não sei dizer quando Sumeshetan chegará. Então, eu fui sozinho. Disseram-me para ligar se houvesse alguma dificuldade.

"Mas sim, ele é uma pessoa amorosa", disse o pai.

"Que assim seja", disse ela em sua mente.

Não importa o que aconteça, é só trazê-lo junto", aconselhou a mãe.

Viji chamou um táxi Uber naquele mesmo dia e voltou. Sumesh, seu pai ou sua mãe não gostavam desse ir e vir.

"Como ele está?"

"Está tudo bem. ele está descansando." Ela não explicou mais.

"Então, não foi esse o truque dele para ver sua filha?" Seu sarcasmo novamente.

Ela não fingiu ouvir.

Parte -7

Os dias se passaram novamente. Suresh iria trabalhar como de costume. Às vezes, os dois saíam. Não importa quanto amor ela vá a qualquer lugar, haverá um confronto. Ela já se adaptou mentalmente a essa situação.

Ele sempre fala com seus pais em voz baixa, sem permitir que ela ouça todos os detalhes da casa. O que há de tão secreto nesta casa? Ela ficou um pouco surpresa

Geralmente não há conversa aberta na casa hoje em dia. Não há briga ou barulho, mas a atmosfera amorosa foi perdida. A vida está lentamente se tornando automática. Agora ela não conta a ele sobre nenhum de seus desejos. Ao mesmo tempo, ela realiza todos os seus desejos sem perguntar nada a ele. É por isso que Sumesh está muito feliz. ela tinha ouvido falar que no passado 'Seelavati' costumava levar seu marido leproso para o bordel em seu ombro. Ela entendeu muito bem que Sumesh estava mantendo tal Shilavati em sua mente. Ao mesmo tempo, ela também teve o cuidado de não irritá-lo.

Enquanto isso, veio o casamento de sua amiga, Remya, que estuda com ela. Sumesh foi especialmente convidado por ela. Eles decidiram ir juntos. Mas ela tem que lhe dar algum presente valioso. Ela havia dado esse presente ao seu casamento.

"Não queremos brincar de dar presentes aqui. Se você quiser, você pode simplesmente ir e comparecer, eu também não recebi nada de ninguém.

Outro médico ayurvédico que também lhe é familiar está se casando com seu melhor amigo., ela insistiu que não poderia evitá-lo.

"Se você não tiver, posso comprá-lo do meu pai", disse ela.

No início, ele pediu à mãe que ficasse com todas as joias que ela havia recebido no casamento. Mais tarde, a tia de Viji, que trabalha em um banco, interveio e os ajudou a mantê-lo no armário. Todas as joias que ela trouxe estão em seu armário, ele dirige seu carro Honda City sozinho. enquanto ela está em uma situação em que nem consegue pagar o dinheiro do ônibus. Existe uma vida assim? Ela soltou um suspiro profundo.

Um dia ele disse em alguma ocasião.

"Quantas propostas de casamento chegaram? Apesar de ter um emprego tão bom, meu destino é conseguir esse carro antigo."

Ela não respondeu, pois estava familiarizada com essas conversas. Além disso, ela nem sabe quanto é o salário do marido. Ela não tem tais desejos. Ela cede aos seus desejos o máximo possível para não ser humilhada na frente dos outros.

Além disso, ela também percebeu que é improvável que ele tenha o bom senso de conhecer os sentimentos de seus semelhantes nesta vida.

Mas não importa o quanto nos seguremos, seremos fracos em alguns momentos. Ela não entendeu bem a piada sobre o carro antigo atual. Ela disse,

"Se é um carro velho, por que não devolvê-lo e comprar outro bom?"

"O que você está brincando? Você está brincando comigo? É um carro sujo. Há tantos carros legais. Lembre-se de que sou inspetor de veículos. Que tipo de carros eu vejo todos os dias? Seu pai poderia me dar um bom carro? É minha generosidade casar com você sem emprego. Se você for educado e obediente, você pode ficar aqui de outra forma não."

E então, na excitação dessas palavras, ele deu a ela um golpe com aquela mão forte. Naquele momento, sem saber, um grito de "perverso" veio de seu coração. Ela não sentiu nenhuma vergonha.

"Quem é o seu homem mau, você vai me chamar de mau?" Sumesh disse novamente.

"Por que você está bravo?" ela gritou. Pai e mãe vieram correndo depois de ouvir o barulho.

"O que aconteceu?"

"Eu não posso viver com ela nem por um segundo. Não estão todos vocês amarrados à minha cabeça? Ela não deveria estar nesta casa por um segundo. Pegue o telefone e ligue para eles para levá-la embora."

Seus pais também são velhos. Se eles ouvirem isso? Ela está totalmente chateada ao ouvir isso. Ela se levantou de lá.

Ela disse: "Não ligue para eles, eu vou."

Mas ele pegou o telefone dela e ligou para o pai dela.

"Se você quer sua filha, é melhor levá-la imediatamente. Não queremos manter esse bastardo aqui, é o suficiente." Depois de dizer isso, ele cortou o telefone.

O telefone começou a tocar continuamente. Era de sua casa. Ele não pegou e respondeu. Ele não permitiu que ela tocasse também. Ela começou a chorar.

Parte 8

Abuso físico, humilhação e a situação em casa. Ela não consegue nem pensar nisso. Que situação desamparada. Como pode ela, que é inocente, suportar tudo isso?

Quando ela fica no albergue, se ela não atender o telefone de plantão nenhum dia, seu pai voará até lá. Se o rosto dela murchar, eles não vão suportar. Um bebê tão carinhoso está sendo torturado por ele assim aqui. Que destino!

Não é por isso que uma mulher é chamada Abala? Ela não pode ser Abala porque tirou uma carteira de motorista pesada como um homem ou subiu em um coqueiro?

Quanto a Viji, não havia tais características da nova geração em sua aparência ou comportamento. Ayurveda, uma parte do Chaturveda, foi seu objeto de estudo. Sempre havia uma divindade em seu rosto.

Os pais de Sumesh ficaram surpresos ao ver o choro e o barulho de Viji. O que fazer, o que dizer, não tem como. Viji está deitado lá desamparado. O que eles dirão ao pai e à mãe dela? Foi errado esconder tudo deles por tanto tempo?

Depois de cerca de uma hora, os pais com seu tio e seu líder comunitário chegaram lá.

Os três foram informados com exagero sobre suas brigas, argumentos, sentimentos, desobediência, etc. com grande desgosto.

"Se ela for decente, eu também serei. Caso contrário, mostrarei a ela meu verdadeiro caráter. 'Se for educado', estou dizendo isso de novo." Ele está gritando.

"Se esta é a situação aqui, é melhor levá-la de volta para casa", disseram seus pais com agonia e decepção.

Eles discutiram todas as coisas por um longo tempo. Ela ainda não falou sobre sua dor física por causa da vergonha. Ela é continuamente humilhada por causa de sua natureza perversa. Finalmente, ela teve que dizer abertamente que ele é arrogante e violento quando fica com raiva e sempre briguento. Ela também teve que revelar que não contou aos pais para não preocupá-los.

Foi muito simpático ver a pena no rosto de seus pais naquela época.

"Um bom funcionário do governo. Vai trabalhar e ganha um salário e cuida da família. Ele não bebe, não fuma e não tem maus hábitos." Os pais estavam descrevendo os traços de caráter de seu filho.

Após uma longa discussão, no final da mediação, Sumesh disse a eles que ama muito Viji e não quer deixá-la. Há apenas uma condição para ele. Não discuta. Ele não tinha nenhuma natureza consistente?

Viji também explicou que o motivo do confronto atual foi por causa daquele carro.

"É só quando ele fica com raiva que é um problema ou está tudo bem. Eu não quero sair."

Ela também disse o mesmo para eles. Ela disse isso porque estava ansiosa por seus pais. De onde essa garota tirou tanta força?

Depois de ouvir tudo, o líder sentiu que 'É aqui que todas as meninas erram. Eles pensam em vergonha e suportam tudo. O que está faltando em sua casa? Mas o medo da sociedade e o pensamento de não preocupar seus pais. Quanto ela suporta por isso!'

A luxúria por dinheiro e o prazer físico ao deixar o dharma não são a causa de todos os problemas vistos na sociedade hoje em dia? Por que nossa sociedade não pensa assim? Os idosos devem primeiro saber quanto pensamento moral é necessário para que a vida seja pacífica e quanto os desejos podem estar em nossa vida ...

A mediação acabou. Ainda assim, sua família não aprendeu nada. Eles decidiram me dar outro carro trocando-o. Como ambos não estavam interessados na separação, a decisão foi fácil para os árbitros. Infelizmente, ninguém mencionou a questão de seu abuso físico. De qualquer forma, algum 'erro de ortografia' foi detectado por todos eles.

Por fim, ambos foram aconselhados a não piorar as coisas triviais exagerando e que ambos deveriam ter cuidado em todas as coisas em diante.

A mãe de Viji quer levar a filha com eles. Aquela mãe temia muito. Ela não queria que ela ficasse lá nessa condição. Como alguém pode voltar pacificamente nesta situação?

"Mas então deixe os dois irem lá por dois dias."

Todos novamente chegaram a uma decisão. Sumesh também concordou com a compulsão de seu pai. Ele não tem esse caráter estável. Mas sua mãe sentiu dúvidas.

De qualquer forma, todos os problemas já passaram. A única coisa que restou foi que ela não pôde ir ao casamento. que ela mais desejava.

Os dias continuavam como antes. Sumesh não teve nenhuma mudança particular. Mas ela não suportava que sua vida pacífica fosse conhecida por todos. Isso era mais agitador do que a dor no corpo.

Sua ganância e egoísmo. Se não foi bem satisfeito, ele fica com raiva. Seu amor e seu ódio não têm muita vida. Ele não pode ser acreditado e também não pode ser dito nada com honestidade, pois ele não tem uma natureza estável. Quem sabe quando ele vai gritar tudo isso? Esta é a última foto que ela obteve dele.

Ela estava lentamente se tornando como uma boneca. Agora não há nem ninguém com quem conversar abertamente.

De qualquer forma, ela tinha permissão para ligar para casa todos os dias na mediação daquele dia. Ela sempre ligava para os pais pensando que eles deveriam ter um pouco de paz

Um dia, quando ela chegou em casa da faculdade, já era tarde. Sumesh já havia chegado até então. Ele estava esperando lá impacientemente.

Parte -9

"Onde você esteve até agora? O exame não terminou às 5 horas? desligou o telefone e para onde você foi?" ele perguntou.

Ela vem cansada depois de esperar muito tempo no ponto de ônibus. Seu telefone está desligado. Foi o suficiente para dizer que ela estava atrasada para pegar o ônibus. Mas a pergunta dura a irritou.

"Você está começando a me culpar imediatamente pela minha chegada justa? Você não sabe que eu estava na faculdade?

"Deixe-me beber um copo d'água. Minha garganta está seca."

Depois de dizer isso, ela foi até a cozinha e pegou um copo d'água. Naquela época, ele veio correndo rápido e derrubou o copo da mão dela.

"Eu não perguntei para onde você foi? Você quer me fazer de bobo sem responder?"

"Oh Deus, eu vim aqui para beber água. Minha Deusa! não me permite nem beber um copo de água aqui."

Ela colocou a mão na cabeça e sentou-se no banquinho deitado na cozinha e começou a chorar.

"Estou vindo de ônibus de linha. Não estou viajando de carro. Já era tarde para pegar o ônibus. Você não está usando meu carro ruim sozinho?"

Quando ele ouviu falar do carro, ficou chocado novamente.

"Sim, é o seu carro ruim, você tem alguma dúvida? Se você abrir a boca novamente, será o seu fim." Depois de proferir isso, ele correu para ela e deu um grande chute.

Ela caiu do banquinho e deitou-se ali. Ainda assim, sua raiva não desapareceu. Ele novamente a chutou na coxa mais uma vez. Ela gritou.

"Vou pegar o telefone e chamar a polícia. Vocês três serão apanhados na tortura da mulher. Mas não estou fazendo isso porque também tenho vergonha disso." Ela gritou.

Quando ele ouve isso também, ele não consegue se controlar. Ele a arrastou segurando o cabelo e bateu na cabeça dela com força com sua mão forte. Ela caiu e desmaiou. Sem se importar com ela, ele começou a gritar novamente.

"Você não estava vindo aqui para deixar todos nós entrarem? Que ótima ideia!

Eu não vou deixar você ir a lugar nenhum daqui." Quando ele estava dizendo isso, ele estava ofegante.

Quando nenhuma resposta foi ouvida, ele olhou para ela. Ele viu que ela estava deitada em silêncio, sem nenhum movimento no chão. Quando ele viu isso, de repente sentiu medo. Ele foi para as escadas da cozinha em silêncio. Depois de um tempo, ele não ouviu nenhum som ou gemido. Ele lentamente veio até ela e colocou as mãos no nariz dela. Sem respiração. Nenhum sinal de vida. Ele ficou chocado. Então ele saiu silenciosamente pensando no que fazer.

Este é um vislumbre da praticidade das leis contra a violência das mulheres!

Seus pais não intervêm se ouvirem uma pequena briga recentemente. Mas agora eles vieram ver porque não conseguiam ouvir nenhum barulho ou movimento. Infelizmente! Aquele velho casal ficou surpreso ao ver a cena lá.

Mais tarde, ela foi levada para o hospital. A essa altura, a 'história dela' havia terminado. Então, todas as coisas que aconteceram lá são concebíveis.

Todas as atividades legais foram realizadas pelas autoridades policiais. Sumesh foi preso e preso por morte por dote. Seu cunhado e sua irmã fizeram o possível para fazer um acidente, dizendo que ela caiu na cozinha e caiu.

Mas que os velhos pais não aguentaram mentiras por muito tempo. As evidências das circunstâncias eram totalmente contra ele. Embora Sumesh fosse mal-humorado e imaturo em seu comportamento, ele era muito sincero com sua própria família. Então, eles não podiam suportar a situação. Toda a família chorou em vão. Ninguém está lá para ajudá-los. Os procedimentos legais continuaram como de costume. E os pais de Viji? Sua condição era muito patética. Eles estavam chorando de grande decepção, lamentando que eles são os únicos responsáveis pelo desastre de sua filha, deixando-a lá, mesmo depois de terem dúvidas sobre sua segurança. Bhanumati, sua mãe foi hospitalizada por muitos dias. Ela ficou delirando e levou muitos dias para se recuperar. Sua prima que estava no exterior veio ajudá-los sem saber de sua ausência. Seu luto ao chamá-la fez todos chorarem.

"Viji, você não me tem, por que você deixou todos nós?" As pessoas lá se esforçaram para mantê-lo longe de seu corpo.

Nossa mídia, incluindo as redes sociais, deu notícias com especulações por vários dias com várias poses das pessoas tristes como se 'eu estou na frente, eu estou na frente'.

Mas alguns de seus parentes próximos começaram algumas fofocas uns com os outros. Não há feridas que não possam ser curadas com o tempo. Depois de algum tempo, eles certamente voltarão ao normal. Eles não vão ser uma dor para eles? É nossa iluminação expor o desamparo de alguém na frente do público? Que instinto de rebanho da sociedade!

Os dias se passaram. Sumesh está sendo punido por abuso de dote. Ele foi suspenso de seu trabalho.

Quem é o responsável por esta tragédia? É Sumesh, que é uma pessoa gananciosa e avarenta sem ter o poder de aceitar os outros? Ou é Viji quem acha uma pena deixar o marido, apesar de saber que ele é um homem de temperamento baixo e sem muita moralidade? Ou seus pais que se casaram com a filha sem perguntar nada sobre o menino e considerando apenas seu emprego no governo sem nem mesmo concluir seus estudos? Ou seus pais que não o ensinaram a ser capaz de viver moralmente com uma mente aberta, aceitando e respeitando a todos? Todos os tipos de discussões continuaram por vários dias em todos os meios de comunicação.

Meses se passaram. Os pais de Viji estão agora no caminho do serviço devocional. Na maioria das vezes, eles estavam em peregrinações em lugares diferentes. Eles também estão fazendo trabalhos de caridade. A vida espiritual fez deles uma nova versão agora. Mas o pai de Sumesh não podia suportar a situação, pois ele era muito confiável com seu filho. Ele deixou este mundo antes de algum tempo. Sua mãe foi levada por sua filha, Sushmita. Eles estão deixando seus dias de alguma forma. O caso ainda está sendo analisado pelo tribunal

Que o decreto e o julgamento venham do tribunal. Vamos esperar e ver a parte restante mais tarde.

Sobre o autor

Renuka KP

Smt Renuka.K.P é natural de N.Paravur, no distrito de Ernakulam, em Kerala, como filha do falecido Sri.Parameswaran e do falecido Smt.Kousalia. Após sua graduação em Economia, ela entrou no governo de Kerala. serviço e se aposentou como Tahsildar em 2017. Agora ela está ativamente engajada como escritora online na plataforma aberta Pratilipi e recebeu um certificado de mérito por sua história. Ela também está envolvida nas mídias sociais e tem seu próprio canal no youtube. Ela exibe claramente sua visão sobre os assuntos sociais e culturais da sociedade, especialmente contra a violência doméstica das mulheres. Ela atualmente reside em Aluva com o marido (gerente assistente aposentado). Ela tem dois filhos e ambos são casados. Seu filho mais velho está trabalhando como engenheiro no Reino Unido e a filha, uma cirurgiã-dentista que agora reside em Bengaluru.

www.ingramcontent.com/pod-product-compliance
Lightning Source LLC
LaVergne TN
LVHW041551070526
838199LV00046B/1911